MW00931073

# Dos problemas y medio

*A Rubén.*

*A todos los niños*
*aspirantes a escritores.*

Editorial Bambú es un sello
de Editorial Casals, S. A.


Tel.: 902 107 007
www.editorialbambu.com
www.bambulector.com

Ilustraciones interiores y de la cubierta:
Francesc Rovira
Diseño de la colección: Miquel Puig

Primera edición: febrero de 2013
ISBN: 978-84-8343-238-9
Depósito legal: B-14133-2012
*Printed in Spain*
Impreso en Anzos, S. L.
Fuenlabrada (Madrid)

# Dos problemas y medio

Alfredo Gómez Cerdá

Ilustraciones de
**Francesc Rovira**

# Dos problemas y medio

**Rubén ha estado investigando** a su manera.

Ha descubierto que las musarañas son pequeños roedores. Por eso no entiende que Gelines, su maestra, le diga:

–Rubén, te pasas el día mirando a las musarañas.

Ha descubierto también que Babia es una comarca que está al norte de la provincia de León. Por eso, tampoco entiende que Gelines le repita:

–Rubén, estás en Babia.

Ha descubierto que las nubes son gaseosas y, por tanto, no podrían sostener a una persona, ni siquiera a un niño como él. Por eso, no entiende a Gelines cuando le dice:

–Rubén, baja de las nubes.

Después de tantos descubrimientos, Rubén se pone a hacer los deberes.

Gelines siempre dice que no les manda deberes, pero si no terminan las tareas del día en el colegio tienen que hacerlo en casa. Algunos niños las terminan casi siempre, pero Rubén casi nunca.

No es que Rubén sea un mal estudiante o un niño torpe, al contrario, es listo y lo entiende todo a la primera.

Aparta el bocadillo de salchichón de la merienda y abre el cuaderno de matemáticas. Tiene que hacer dos problemas y medio. Son fáciles, de sumas y restas. No tardará mucho tiempo en acabarlos.

Empieza por el medio problema y lo termina enseguida. Después, hace uno entero.

–¡Chupao! –exclama.

Pero cuando se pone a hacer el tercer ejercicio le ocurre algo extraño dentro de su cabeza.

Algo... muy extraño, aunque no es la primera vez que le sucede.

Entonces, sin poder evitarlo, cierra el cuaderno y se queda mirándolo fijamente. Lo que ocurre dentro de su cabeza es tan sorprendente que hasta se le nota en el brillo de sus ojos.

Resuelto, da la vuelta al cuaderno; pero no de arriba abajo, o de un lado al otro. Le da la vuelta del todo, es decir, la parte delantera, donde pone su nombre y el de la asignatura, queda pegada contra la mesa; la parte trasera, donde no pone nada, queda a la vista, boca arriba. A continuación, lo abre por las últimas páginas, esas que siempre se quedan en blanco.

¡Increíble! La cabeza de Rubén está llena de piratas.

Necesita ponerse a escribir antes de que se le escapen.

Se trata de un barco lleno de piratas. Uno de ellos, muy fiero, parece el capitán.

Piensa en un nombre para el capitán pirata.

–¡Braulio! –grita, y escribe el nombre en el cuaderno; pero luego lo tacha, porque recuerda que Braulio es el nombre del frutero.

–¡Lucas! –vuelve a gritar–. ¡Se llamará Lucas!

Lucas, por tanto, es el capitán de una banda de rudos piratas que surca los mares en un viejo barco de madera, al que le crujen todas las tablas. Por cada flanco del barco asoman cinco cañones, que no funcionan; los llevan solo para asustar. En lo más alto del palo mayor ondea la bandera pirata, negra, con dos tibias cruzadas y una calavera.

Están buscando un navío al que asaltar para apoderarse del botín.

–¿Ves algo? –le grita el capitán al vigía, que se ha encaramado a lo más alto de una escala.

–Nada. Agua por todas partes.

–Pero, ¿te has puesto las gafas?

–Las gafas son para cerca, de lejos veo perfectamente.

–¡Utiliza el catalejo!

Rubén tiene que interrumpir bruscamente la historia cuando su madre le avisa de que la bañera lo está esperando. Sabe que con su madre no valen excusas, y menos si se trata del baño.

Pero dentro de la bañera, su cabeza sigue dando vueltas y más vueltas. La jabonera de plástico flota entre la espuma del jabón, como un navío en alta mar. Rubén mueve los brazos para provocar oleaje.

–¡Se acerca un temporal! –grita el pirata vigía.

–¡Maldita sea! –exclama el capitán–. ¡Arriad las velas y atad todas las cuerdas!

La madre de Rubén entra en ese momento al cuarto de baño. Se lleva las manos a la cabeza y grita aun más fuerte que los piratas:

–¡Rubén, estás tirando el agua fuera de la bañera!

# Números y piratas

**Al día siguiente,** en el colegio, uno por uno, los alumnos van pasando por la mesa de Gelines. Ella les corrige las tareas del día anterior.

–Regular –le dice a Rubén, e incluso se lo escribe en el cuaderno con bolígrafo rojo–. El tercer problema no lo has hecho.

Vuelve a su pupitre y se sienta.

–¡No fue culpa mía! –masculla entre dientes.

–¿Qué? –le pregunta Elena, que es su compañera de pupitre.

–Hablaba solo –disimula Rubén.

–Pues ten cuidado –le advierte Elena.

–¿Por qué? –pregunta él con curiosidad.

–Mi padre también habla solo y mi madre le dice que está como una cabra.

No le queda más remedio que continuar los problemas por la tarde, en su casa, con el bocadillo de la merienda al lado. El que no había acabado el día anterior, más uno y medio nuevos. En total, dos problemas y medio.

¡Otra vez dos problemas y medio!

Pero ya no lo puede evitar: en su cuaderno están ocurriendo cosas sorprendentes. Por las últimas páginas, Lucas, el capitán pirata, se ha colocado junto al timonel de su barco y le indica el camino que deben seguir para aprovechar mejor los vientos.

–¡Que no nos pille la calma chicha! –le advierte.

La calma chicha es la ausencia de viento y es lo peor que le puede pillar a un barco de vela.

Rubén trata de concentrarse en los problemas de matemáticas. Por eso, vuelve con decisión a las primeras hojas del cuaderno, donde se encuentran los números en perfecta formación.

–Dos por dos, cuatro; dos por tres, seis; dos por cuatro, ocho...

Pero a su pesar, escucha un grito que llega desde las últimas hojas.

–¡A estribor! ¡Todo a estribor! –es el capitán pirata.

Rubén se tapa los oídos para concentrarse más:

–Tres por cuatro, doce; tres por ocho, veinticuatro...

Pero vuelve a escuchar un nuevo grito, esta vez del vigía.

–¡Barco a la vista!

–¿Grande o pequeño? –pregunta el capitán.

–¡Enorme!

–¡A por él!

Rubén consigue acabar los dos problemas y medio. ¡Menos mal!

–¡A bañarse! –le dice su madre.

Y Rubén cierra el cuaderno de inmediato.

Ya dentro de la bañera, no puede dejar de pensar en el cuaderno de matemáticas, que ha quedado sobre su mesa. Sabe que los piratas están avanzando a toda velocidad y, como si se tratase de un botín, van tomando una hoja tras otra.

De seguir así, no tardarán en encontrarse con los números de los problemas.

Rubén frunce el ceño y provoca un aguacero con la ducha.

# Encuentro inesperado

**Ocurre al atardecer**, cuando el sol está incendiando unas nubes que parecen deshilachadas.

–¡Algo a la vista! –grita el pirata vigía.

–¡Por todos los demonios! –ruge el capitán–. ¿Qué significa *algo*?

–No es un barco, ni tierra firme, ni un tronco flotando, ni un monstruo marino... –añade el vigía.

–¿Has empinado el codo? –se enfurece el capitán.

–No he probado ni una gota de vino –asegura el vigía.

–¡Di al menos a qué se parece lo que ves!

–¡No he visto una cosa así en toda mi vida!

–¡No retrocederemos ante nada! –ruge el capitán–. ¡A por ello, sea lo que fuere!

Las órdenes del capitán se cumplen al momento y todos los piratas se preparan para el abordaje. Incluso asoman los cañones por los flancos del navío.

Al otro lado del cuaderno, los números de los problemas de matemáticas se quedan boquiabiertos al comprobar que un barco pirata se les viene encima. Comienzan a preocuparse seriamente.

–¡Vamos desarmados! –advierten los de una resta.

–¡Somos inofensivos! –gritan los de una suma.

–¡No tenemos con qué defendernos! –tratan de explicar los de una multiplicación.

–¡Aunque os parezca mentira, no estamos en alta mar, sino dentro de un cuaderno! –los de una división intentan remediar lo que ya parece irremediable.

Rubén, ajeno a la batalla que se avecina en su cuaderno, se dispone a cenar. Ya tiene hambre y del horno de la cocina llega un olor muy rico.

–¿Cómo llamaríais al capitán de una banda de piratas? –pregunta a sus padres.

–Braulio –responde la madre.

–Braulio es el nombre del frutero –se queja él.

–Spencer –dice el padre–. Yo le pondría un nombre extranjero.

–¿Qué os parece Lucas? –pregunta Rubén.

–Lucas Spencer, suena bien –responde el padre.

–A mí me gusta más Braulio –añade la madre–. Además, ese frutero es un poco pirata, siempre te sisa con el peso.

El padre abre el horno y saca una bandeja humeante. Rubén comienza a relamerse: ¡es su plato favorito!

Es difícil imaginar a unos piratas luchando a brazo partido contra unos problemas de matemáticas.

Es difícil, incluso muy difícil.

Es... dificilísimo.

Pero eso es lo que sucede en el cuaderno de matemáticas de Rubén durante toda la noche, mientras él duerme tranquilamente, con la tripa muy llena.

–¡Al abordaje! –grita el capitán, desenvainando su espada.

–¡Pero si no hay nada que abordar! –se quejan los piratas.

–¡Y sin rechistar! –ordena el capitán–. ¡Al que no obedezca lo encerraré en el calabozo durante dos semanas!

Los números, despavoridos, corren en desbandada.

–¡Socorro! –grita el cinco.

–¡Auxilio! –grita el siete.

–¡Que alguien se apiade de nosotros! –gritan a la vez el catorce y el veinticinco.

Poco después de la media noche, bajo una luna llena que parece reinar en medio del océano, los piratas se retiran a su barco. Nunca han ganado una batalla con tanta facilidad. No obstante, se llevan a los dos problemas y medio prisioneros. No tienen ni idea de lo que harán con ellos, pero no quieren retirarse sin un botín, pues eso sería un deshonor para cualquier pirata.

# Desaparecidos

**A la mañana siguiente** de la gran batalla, durante la clase, Gelines, como de costumbre, revisa las tareas de Rubén.

–¿Por qué no has hecho los deberes? –le pregunta con un gesto de reproche.

–Los hice todos –responde él, extrañado.

Gelines le enseña la página en blanco, donde debían estar los dos problemas y medio.

–Hoy te pondré un cero –añade la maestra.

Rubén no entiende nada. Está completamente seguro de que hizo esos problemas la tarde anterior, justo antes de ir a la bañera. Va a protestar a Gelines por el cero, pero al ver la página en blanco no le queda más remedio que callarse.

Durante el resto de la clase, Rubén no deja de preguntarse dónde se habrán metido esos problemas.

Por la tarde, de nuevo en casa, busca y rebusca por todas partes. Piensa que a lo mejor se confundió e hizo los problemas en otro cuaderno. Los revisa todos, de uno en uno, pero los problemas no aparecen.

Desesperado, abre el cuaderno de matemáticas por el medio. Mira otra vez la página en blanco.

–Estaban aquí, estoy seguro –dice en voz alta.

A continuación, echa un vistazo a los piratas, que están navegando sin sobresaltos. Se le ocurre una idea. Quizá ellos puedan ayudarle.

–¿Habéis visto dos problemas y medio de matemáticas? –les pregunta–. Eran fáciles, de sumas y de restas.

–¿Nos hablas a nosotros? –se sorprende Lucas, el capitán.

–Sí, quería saber si los habéis visto.

El capitán pirata arruga el entrecejo y también pregunta con su vozarrón de trueno:

–¡Por todos los demonios! ¿Qué son sumas y restas?

–A simple vista, son filas de números, unas encima de las otras –explica Rubén–. Las sumas llevan el signo más y las restas, el menos.

–Ah, pues... –titubea el capitán pirata, que no quiere reconocer que tiene prisioneros a los dos problemas y medio en las bodegas de su barco–. Tal vez.

Es posible que...

–¡Devolvédmelos! –grita Rubén, enfadado.

A Lucas, el capitán, no le gusta que le griten, a pesar de que él lo hace a todas horas. Por eso, da la espalda a Rubén y se marcha por la cubierta del barco.

–Por vuestra culpa Gelines me ha puesto un cero –trata de explicarle Rubén.

–¡Por todos los demonios! No sé quién es Gelines, ni me importa –responde el capitán–. Tampoco sé lo que es un cero.

–Pues Gelines es mi maestra y un cero es la nota que me ha puesto por haber perdido los problemas. No hay peor nota que un cero. Pero, ¿no habéis ido nunca al colegio?

–¡Por supuesto que no! –casi se indigna el capitán pirata al responder.

Piensa Rubén que le va a resultar muy difícil hacer entrar en razón a aquellos piratas, que no han pisado una escuela jamás. Lo más urgente es recuperar sus problemas.

–¿Puede saberse para qué queréis vosotros dos problemas y medio? –pregunta.

–Esa misma pregunta me la estoy haciendo yo –responde el capitán–. Es el botín más raro que he capturado en mi vida.

–Devolvédmelos.

–¡Por todos los demonios! Antes tendrás que explicarme para qué sirven esos problemas.

–Pues... –titubea–. Por ejemplo, os ayudarían a contar el botín y a repartirlo de una manera justa entre todos.

–¿Eso es cierto?

–Claro que sí.

El capitán pirata se queda pensativo, rascándose la barba de cuatro días. Recuerda que cada vez que tienen que repartir el botín se organiza una gran trifulca entre sus hombres. Ninguno está de acuerdo con el reparto, y todos protestan porque consideran que les ha tocado menos que a los demás. Si esos problemas sirviesen, como le aseguraba Rubén, para repartir mejor el botín...

–¡No te los devolveré! –grita resuelto el capitán.

–Son míos –se indigna Rubén.

–¡Por todos los demonios! A los piratas nos importa un bledo la propiedad privada de los demás. Así que ya no son tuyos.

# Motín

**Como de costumbre**, al día siguiente Gelines revisa las tareas. Al ver el cuaderno de Rubén, exclama:

–¡¿Qué es esto?!

Rubén se acerca a la mesa de Gelines y mira el cuaderno, que la maestra mantiene abierto.

–¡Oh! –solo puede exclamar.

Los números de los dos problemas y medio secuestrados han plantado cara a los piratas y han provocado un motín en toda regla. ¡Tratan de apoderarse del barco!

Rubén no puede creérselo. Procura enronquecer su voz e, imitando al capitán pirata, grita:

–¡Por todos los demonios!

–Te volveré a poner un cero –le dice Gelines.

Rubén regresa al pupitre con su cuaderno.

Elena, su compañera, le mira de reojo:

–Ya llevas dos ceros seguidos –le dice–. Yo que tú, me andaría con cuidado.

–¿Por qué?

–Puedes convertirte en un borrico. Mi madre siempre me lo repite.

Rubén sabe que no va a convertirse en un borrico por sacar dos ceros seguidos, pues no ha sido culpa suya. Tampoco va a convertirse en una cabra por hablar solo.

Durante el resto de la jornada, Rubén no deja de pensar en la batalla que se está librando dentro de su cuaderno, entre los sublevados problemas de matemáticas y los piratas.

Es verdad que él mismo ha creado a esos piratas, a los que incluso ha metido dentro del cuaderno; pero ya no puede controlarlos. Es como si hubiesen cobrado vida y empezasen a hacer lo que les da la gana.

Siente curiosidad, pero se contiene las ganas de abrir el cuaderno para enterarse de quién está ganando aquella singular batalla.

–Me apuesto el cuello a que vencen los piratas –dice–. Son más fuertes y están acostumbrados a luchar.

Solo cuando llega a su casa por la tarde se decide a abrir el cuaderno. Lo hace muy despacio, tomando algunas precauciones, no vaya a resultar que se lleve algún sopapo de esos que siempre quedan sueltos en las batallas.

Como se imaginaba, los piratas han vencido y dan saltos de alegría sobre la cubierta del barco. Los dos problemas y medio siguen siendo sus prisioneros. Además, y para que no vuelvan a amotinarse, les han atado con unas gruesas cadenas.

–Por favor, necesito esos problemas –Rubén vuelve a suplicar al capitán pirata–. Si no los consigo, Gelines me seguirá poniendo ceros.

–¡Por todos los diablos! Antes tengo que comprobar una cosa.

–¿El qué?

–Lo que ayer me dijiste –le explica al fin el capitán–. Quiero ver con mis propios ojos si estos problemas pueden ayudarme a repartir el botín entre mis hombres sin que haya protestas.

Rubén quiere decirle que los problemas de matemáticas, por sí mismos, no le ayudarán en nada. El capitán pirata no le escucha. Parece que le ha entrado prisa.

–¡A la isla del Cachalote Blanco! –grita.

–Pero esa isla está muy lejos –protesta Rubén–. Tardaréis mucho tiempo en llegar.

–Tenemos el viento a favor.

–Yo necesito los problemas para mañana.

Lucas, el capitán pirata, hace un gesto, dando a entender que no le preocupa lo más mínimo que a Rubén sigan poniéndole ceros. Por el contrario, empieza a dar órdenes para que el barco se ponga en marcha en dirección a la isla del Cachalote Blanco. Allí les espera la cueva llena de tesoros.

Rubén no puede seguir protestando. Acaba de oír el grifo del cuarto de baño. En unos momentos oirá la voz de su madre:

–¡El baño está listo!

¿Cómo explicarle lo que le está ocurriendo a Gelines? Explicárselo no sería difícil, lo realmente complicado sería que ella lo entendiese.

—Pero esa isla está muy lejos —protestó Rubén—. Tardaremos mucho tiempo en llegar.

—Tenemos el viento a favor.

—Yo no creo que haya problemas para mañana.

Lucas, el capitán pirata, hace un gesto, dando a entender que no le preocupa lo más mínimo que a Rubén [illegible]. Por el contrario, empieza a dar órdenes para que el barco se ponga en marcha en dirección a la isla del Cachalote Blanco. Allí les espera la cueva llena de tesoros.

Rubén no puede seguir protestando. Acaba de oír el grito del cuarto de baño. En unos momentos oirá la voz de su madre:

—¡El baño está listo!

¿Cómo explicarle lo que le está ocurriendo a Lucas? Explicarlo no sería difícil. Lo verdaderamente complicado sería que ella lo entendiera.

## Zopencos

### Tres ceros en tres días.

Como Rubén se temía, Gelines no entiende nada, a pesar de que él trata de explicárselo.

–No es culpa mía, es que los piratas no me quieren devolver los problemas. Los tienen prisioneros para... Además, se han ido a la isla del Cachalote Blanco porque allí...

–Lo entiendo todo perfectamente –eso es lo que se cree Gelines–. Te pondré otro cero.

Nada. Ella no entiende nada. Nada de nada.

Cabizbajo, Rubén regresa a su pupitre. Elena le mira con un gesto de compasión.

–¡No me volveré cabra ni borrico! –le dice Rubén antes de que ella abra la boca–. ¡Que lo sepas!

–Peor aun, con tres ceros te volverás un zopenco –le replica Elena–. Me lo contó mi madre.

–¿Qué es un zopenco?

–Algo peor que un borrico.

Rubén levanta el brazo para llamar la atención de Gelines, que se dispone a explicarles un tema nuevo.

–¿Qué quieres, Rubén?

–¿Qué es un zopenco?

–En lo que te convertirás tú como sigas sin hacer las tareas –le responde Gelines muy seria–. Además, esto no es una clase de Lengua, sino de Matemáticas. Así que deja de hacer preguntas inconvenientes y presta más atención.

Rubén se arrepiente de haber hecho la pregunta. Cruza una mirada con Elena y ella sonríe.

–Te lo dije.

*Zopenco.* Desde luego no es una palabra que suene bien.

Empieza a pensar en palabras que suenen bien: *vacaciones, chocolate, tesoro...*

¡El tesoro de los piratas está escondido en una cueva de la isla del Cachalote Blanco! ¿Habrán llegado ya, aprovechando los vientos favorables?

No puede resistir la curiosidad y abre el cuaderno. Lo tapa un poco con las manos para que Elena no pueda verlo.

En efecto, los piratas ya están en la cueva. ¡Menudo botín tienen para repartir! Todos están un poco alborotados.

Lucas, el capitán, trata de poner orden.

–¡Por todos los demonios! ¡Traed a los prisioneros!

Los dos problemas y medio, encadenados, son llevados hasta la cueva. El capitán los mira, pero no sabe qué hacer con ellos. Finalmente, ordena que los coloquen al lado del botín y comienza el reparto.

–No te servirá de nada –le advierte Rubén.

Como en otras ocasiones, el capitán va entregando a sus hombres partes del botín. Al principio, todos parecen satisfechos, pero enseguida empiezan las discusiones.

–¡A este le has dado más que a mí! –grita uno.

–¡Y mi lote tienes menos valor! –protesta otro.

El capitán se da cuenta de que van a terminar como de costumbre, discutiendo a gritos e, incluso, hasta llegando a las manos. Mira a los problemas de matemáticas, buscando una solución; pero la solución no llega por ninguna parte.

–¡Cómo se nota que no habéis pisado un colegio en toda vuestra vida! –les dice Rubén–. ¡Sois unos zopencos!

–¿Qué nos has llamado? –pregunta el capitán pirata.

–Zopencos.

–¿Y eso qué es?

–No lo sé muy bien, pero nada bueno.

Gelines se da cuenta de que Rubén está distraído. Se dirige a él:

–¿Puedes decirme de qué trata el tema que estoy explicando? –le pregunta.

–Trata de... de... de... –no sabe responder.

–Si sigues así te convertirás en un zopenco.

–¡Por todos los diablos! –brama el capitán pirata–. No consentiré que nadie vuelva a llamarme zopenco.

–Calla, que no es a ti –le dice Rubén en voz baja, para que Gelines no se entere.

# Trifulca

## Es la hora del recreo.

Rubén sale al patio con el cuaderno de matemáticas bajo el brazo. Busca un lugar apartado para que nadie lo moleste y se sienta en el suelo. Coloca el cuaderno sobre sus rodillas y lo abre.

¡Lo que se temía!

¡Menuda bronca se ha organizado en la cueva de la isla del Cachalote Blanco! Los piratas no solo gritan enfurecidos, sino que también han comenzado a pegarse. Todos contra todos.

Rubén ve volar por los aires palos, piedras y hasta unos cuantos dientes.

El capitán se desgañita tratando de calmar a sus hombres:

–¡Por todos los demonios! ¡Así no vamos a conseguir nada!

–¡Mi parte del botín! ¡Eso es lo que quiero conseguir! –le replica uno de sus hombres, con un ojo morado.

–¡Volveremos a empezar el reparto! –asegura el capitán.

–¡Lo hemos empezado ya muchas veces y no hay forma de que nos pongamos de acuerdo! –se queja otro de sus hombres.

Rubén tiene que intentarlo varias veces, hasta que al fin consigue hacerse oír por el capitán.

–¡Te lo advertí!

–¡Me has engañado! –brama el capitán al verlo–. Esos problemas no han solucionado nada.

–La solución no está en los problemas, sino en saber resolverlos.

El capitán no entiende nada.

–¿Resolverlos?

–Si aprendes a resolverlos, aprenderás también a repartir el botín entre tus hombres.

El capitán vuelve a rascarse la barba y a poner cara pensativa.

–¿Eso es verdad? –pregunta.

–Sí.

–¡Por todos los demonios! ¿Y cómo puedo aprender a resolverlos?

–Tendrás que ir a la escuela, como yo.

–¡Jamás! –la voz del capitán resuena dentro de la cueva como un trueno.

Sus hombres se calman y dejan de pelearse.

Rubén sabe que intentar que Lucas, el capitán pirata, vaya a la escuela es perder el tiempo. Lo mismo que lo sería intentarlo con cualquiera de sus hombres.

Esa sí que es una batalla perdida.

Pero Rubén se da cuenta de que tiene que jugar bien su baza e intentar recuperar los problemas.

–Y ahora devuélveme los problemas –le dice al capitán–. Ya has comprobado que no te sirven para nada. Y a mí me servirán para que Gelines me quite un cero.

–Tengo que pensarlo bien –replica el capitán.

–¡No tienes que pensar nada!

–Los piratas pensamos mucho las cosas. Y los capitanes piratas, todavía más.

–¡Devuélvemelos!

–No. Se me está ocurriendo una idea.

–¿Qué idea? Me dan miedo tus ideas.

Rubén tiene que cerrar de golpe el cuaderno, al ver que Elena se está acercando a él. ¡Qué rabia! No ha

podido enterarse de la idea que se le estaba ocurriendo a Lucas, el capitán pirata.

–¿Por qué te escondes de los demás?

–No me escondo –reniega él.

–Sí lo haces –insiste ella–. Y si te escondes de los demás, te convertirás en un solitario y en un bicho raro.

–¿Qué?

–Mi madre se lo repite siempre a mi abuelo: si te escondes de los demás, acabarás siendo un solitario y un bicho raro.

Rubén se levanta de un salto al oír el timbre que anuncia el fin del recreo.

–Yo no soy un solitario, ni un bicho raro, ni un zopenco, ni un borrico, ni una cabra –le dice a Elena, molesto.

Ella cambia de repente de tema:

–¿Me vas a enseñar lo que hay dentro de tu cuaderno?

–¡No!

–Mi madre dice que hay que compartir.

–¡Por todos los demonios! ¡Me importa un bledo lo que diga tu madre! –Rubén tiene la duda de si las últimas palabras las ha dicho él o el capitán pirata.

# Profesor particular

**Rubén está un poco harto** de esos piratas bravucones, que se niegan a devolverle los problemas. Incluso, le dan ganas de comprarse un cuaderno nuevo y tirar el viejo a la papelera, y olvidarse de ellos para siempre.

Pero lo malo es que no hace más que pensar en las últimas palabras que le oyó pronunciar a Lucas, el fiero capitán: *Se me está ocurriendo una idea.*

¿Qué nueva idea se le puede ocurrir a un zopenco como él?

En su casa, por la tarde, le vence la curiosidad y abre el cuaderno. Se queda con la boca abierta. No puede creerse lo que está viendo.

En la cubierta del barco han colocado varios bancos corridos, en perfecta formación, y los piratas es-

tán sentados en ellos. En la primera fila, el capitán. Todos llevan un cuaderno y un lápiz.

–¿Qué estáis haciendo? –les pregunta Rubén.

–Como jamás iremos a una escuela, hemos pensado traer a un profesor particular para que nos enseñe.

–¡Qué gran idea! –exclama Rubén, y se da cuenta de que esos hombres no son tan zopencos como pensaba.

–Lo estábamos esperando –continúa el capitán–. Pero ya ha llegado.

Rubén echa una ojeada por la cubierta del barco, pero no ve a nadie.

–¿Dónde está ese profesor particular? –pregunta.

–Eres tú.

Rubén no puede evitar soltar una gran carcajada.

Como es lógico, Rubén les dice que él no puede ser su profesor particular.

–Soy un niño –trata de explicar.

–Un niño que sabe resolver problemas –replica el capitán.

–Pero solo problemas fáciles.

–¡Justo! ¡Lo que nosotros necesitamos!

–No, no y no –Rubén está resuelto.

–Pues entonces no te devolveremos a los prisioneros –el capitán pirata sonríe, como si tuviese un plan ya pensado–. Y además, volveremos a atacar a tus malditos problemas todos los días. Nuestros calabozos se llenarán de números.

–¡Oh, no! –se lamenta Rubén–. ¡Eso es jugar sucio!

–En efecto.

–Si queréis, puedo decírselo a Gelines, mi maestra. Aunque, pensándolo bien, no creo que me haga mucho caso.

–¡Por todos los demonios, tú serás nuestro profesor particular! –sentencia el capitán–. ¡Y no se hable más!

Y Rubén no tiene más remedio que convertirse en el profesor particular de los piratas. No le queda otra alternativa. Eso, o sacar un cero todos los días.

–El que sepa leer y escribir que levante la mano –les dice resignado, para empezar.

Nadie levanta la mano. ¡Qué desastre!

–¿Al menos sabréis contar? –les pregunta.

Todos los piratas, a la vez, niegan con la cabeza. Rubén no puede creerse que no sepan contar.

–Entonces... ¿ni siquiera sabéis cuántos hombres hay en este barco?

–Eso sí –se apresura a responder el capitán.

–¿Cuántos hay?

–Los necesarios –y el capitán se queda tan ancho.

La lección primera consiste en aprender a contar. Y Rubén piensa que lo más fácil es empezar por ellos mismos.

–Repetid conmigo: uno, dos, tres, cuatro, cinco, seis, siete...

De esta forma descubren que la tripulación total del barco la forman cuarenta hombres, incluyendo al cocinero.

–Los necesarios –repite el capitán, afirmando con la cabeza.

En una pizarra que han improvisado, Rubén les va escribiendo los números, desde el uno hasta el cuarenta.

–Y ahora, a copiarlos en los cuadernos. Esa será la tarea del día. Y el que no la acabe, tendrá que terminarla en su camarote antes de irse a la cama.

Mientras los piratas se afanan en copiar los números, él aprovecha para hacer los problemas que tenía pendientes. Como los piratas van muy despacio, le da tiempo a terminar todos.

# Chascar los dedos

**Al día siguiente**, Gelines se sorprende al ver que Rubén ha hecho toda la tarea.

–Muy bien –le dice–. Así me gusta.

Rubén regresa a su pupitre con el cuaderno, pero se vuelve a la maestra y le dice:

–Es duro este trabajo, ¿verdad?

–¿A qué te refieres? –se extraña ella.

–A la enseñanza.

–Sí que lo es.

–Yo te comprendo.

Gelines mira sorprendida a Rubén y le hace una señal para que regrese de una vez a su pupitre. Luego, niega un par de veces con la cabeza y hace un gesto de esos que significa: ¿¡qué voy a hacer yo contigo!?

–¿Qué hablabas con Gelines? –le pregunta Elena.

–Cosas nuestras –responde Rubén.

–¿Qué quieres decir? ¿Es que compartís algún secreto?

–Un secreto, no. Compartimos el trabajo. Ella da clase en este colegio y yo doy clases particulares.

–No digas mentiras, porque mi madre dice...

Rubén fulmina con la mirada a Elena, que no se atreve a terminar la frase.

–¿Y de qué das clases particulares?

–De matemáticas.

–A mí no se me dan muy bien las matemáticas –le explica Elena–. Mi madre me dijo que a lo mejor me ponía un profesor particular. Podrías ser tú. ¿Cuánto cobras?

–Bastante –Rubén no sabe cómo cambiar de conversación.

–Entonces no, porque mi madre me dijo que tenía que ser un profesor particular que cobrase poco.

Durante el resto de la clase, Rubén atiende al máximo. No quita ojo a Gelines. No solo se fija en lo que dice, sino también en cómo lo dice, es decir, en el tono de sus palabras, en el movimiento de sus manos, en los gestos de su cara...

Todas esas cosas le vendrán bien cuando tenga que enfrentarse de nuevo a los piratas y enseñarles la segunda lección. Debe parecer un profesor de verdad, aunque sea particular.

–Y ahora, todo el mundo muy atento –dice Gelines, y chasca los dedos.

Rubén se da cuenta de que la maestra repite muchas veces esa frase y, cada vez que lo hace, chasca sus dedos. Piensa que a lo mejor es una técnica para enseñar mejor, o un truco. Por eso, decide que él mismo lo pondrá en práctica con los piratas.

Se pasa el recreo intentando chascar los dedos, pero le sale fatal. Cuando lo hace Gelines, consigue un sonido característico, corto y seco, que hace que todos se fijen en ella, incluidos los despistados. Sin embargo, él no consigue que sus dedos suenen, por más que lo intenta.

Elena se ha acercado a su lado y él no se ha dado cuenta. Sigue, dale que te pego, intentando chascar los dedos.

–¿Qué haces? –le pregunta.

Rubén no disimula.

–¿No lo ves? Intento aprender a chascar los dedos, pero no lo consigo.

–Es muy fácil –dice ella.

Elena chasca los dedos para demostrárselo y logra un sonido perfecto.

–¿Cómo lo haces? –pregunta sorprendido Rubén.

–Mira –y Elena lo repite una y otra vez.

–¿Podrías enseñarme?

–Yo te enseño a chascar los dedos y tú me das clases particulares de matemáticas.

Rubén se queda boquiabierto al escuchar a Elena.

–¿Y tu madre no dice nada de los que hacen chantaje a los demás? –le pregunta con doble intención.

Elena enseña a Rubén a chascar los dedos.

–Lo estás haciendo mal –le explica–. No hay que juntar el pulgar con el índice.

–A mí me pareció que Gelines lo hace así.

–No, no –insiste Elena–. El pulgar con el dedo corazón, o con el anular. Y ahora aprieta con fuerza.

Rubén chasca los dedos y, al fin, produce el ruido que deseaba.

# Sumar

**Los piratas saludan** a su profesor particular recitando de corrido los números, del uno al cuarenta. Rubén se alegra de que no sean unos zopencos y aprendan rápido. Así podrá liberar antes a sus dos problemas y medio cautivos.

A continuación, Rubén intenta imitar algunos de los gestos que ha visto hacer a Gelines. Chasca los dedos con fuerza y dice:

–Y ahora, todo el mundo muy atento.

Los piratas clavan la mirada en el niño.

–Vamos a aprender a sumar. ¿Sabéis para qué sirve sumar?

Los piratas se miran desconcertados.

–¡Por todos los demonios! –ruge el capitán–. Si supiésemos para qué sirve sumar no necesitaríamos a un profesor particular.

Rubén se da cuenta de que es mejor no hacer preguntas e ir al grano.

Les explica en qué consiste una suma y los piratas lo pillan a la primera.

–Si seguís así, os pondré un diez, que es la nota más alta.

Los piratas sonríen, alegres y orgullosos.

–Repetid conmigo: dos más dos, cuatro; cuatro más tres, siete; siete más cinco, doce; doce más uno, trece...

Tan embelesados están con las sumas, que se cruzan con un barco y no se dan ni cuenta. Solo lo ven cuando lo tienen enfrente, a un costado.

–¡Barco a la vista! –grita uno de los piratas.

Se organiza un gran revuelo. El capitán se pone de pie para ordenar de inmediato el abordaje. Pero Rubén se le adelanta. Chasca los dedos con fuerza y dice:

–Y ahora, todo el mundo muy atento.

El capitán le hace señas para que mire al barco que tienen al lado.

–Puede llevar un cuantioso botín –le dice.

–Si no te sientas ahora mismo te pondré un cero.

El capitán se sienta, pero no deja de mirar por el rabillo del ojo al barco, al que se imagina cargado de riquezas.

Siguiendo la táctica de Gelines, cuando falta poco para terminar la clase, les pone varios problemas de sumas.

–Tenéis que aplicar lo que habéis aprendido –les dice–. Y recordadlo bien: el que no los acabe durante la clase, tendrá que acabarlos en casa, quiero decir en el barco, antes de irse a dormir.

Todos los piratas se estrujan la mollera para hacer esas sumas que les ha puesto su profesor particular. La mayoría utiliza los dedos para contar. Lucas, el capitán, se da golpes en la cabeza con el puño cerrado.

–Cuatro –y se da cuatro golpes–, más dos –y vuelve a darse dos golpes más– son... seis.

Y se arrea seis capones en la coronilla.

Rubén, como el día anterior, aprovecha para hacer sus tareas pendientes. Las acaba todas justo en el momento en que termina su clase particular a los piratas.

Ya le está esperando la bañera.

Como de costumbre, agarra la jabonera y la deja flotando. Procura no moverse para no provocar oleaje. No quiere que los piratas se distraigan con nada.

Durante la cena, sentado a la mesa entre su madre y su padre, Rubén no para de hablar. No sabe por qué, pero le encanta hablar y hablar durante la cena; contar a sus padres todo lo que le ha pasado durante el día, o todo lo que se haya imaginado, que suele ser más de lo que le ha pasado realmente.

Su padre le escucha con atención; pero, de repente, su madre le interrumpe.

–Hace un rato me ha llamado por teléfono la madre de Elena –dice.

–¿Qué quería? –pregunta el padre.

–Rubén tendrá que explicárnoslo –continúa la madre.

Rubén pone cara de no entender nada. Incluso lo reafirma con sus palabras:

–No entiendo.

Y la madre de Rubén explica lo que quería la madre de Elena:

–Me ha preguntado que si Rubén podría dar clases particulares de matemáticas a Elena y que, en caso de hacerlo, cuánto le iba a cobrar. También me ha dicho que ya sabe que Rubén tiene experiencia como profesor particular.

El padre se queda boquiabierto y mira a la madre. Ella se encoge de hombros. Los dos vuelven la mirada hacia Rubén, esperando una explicación.

–Solo quería aprender a chascar los dedos –se justifica él.

# Cuarenta alumnos

**Gelines le revisa el cuaderno** una vez más y esta vez pone cara de satisfacción.

–Así me gusta, Rubén –le dice, pero de inmediato frunce el ceño–. Aunque te recuerdo que aún no me has entregado los dos problemas y medio del otro día. Y mientras no me los entregues no podré ponerte una buena calificación.

–No es culpa mía –trata de justificarse Rubén–. Esos problemas ya están hechos, pero han sido secuestrados por...

–¡Déjate de cuentos! –le corta Gelines.

La maestra le señala con el dedo su asiento, para que regrese a él.

Rubén sabe que no merece la pena intentar dar explicaciones. Gelines no las va a entender.

Planisfério Político
OCEANO GLACIAL ÁRTICO
RÚSSIA
CHINA
OCEANO
ATLÂNTICO
BRASIL
OCEANO
ÍNDICO
OCEANO
PACÍFICO
AUSTRÁLIA
ANTÁRTIDA
Fonte do original: Instituto Brasileiro de Geografia e Estatística - IBGE
Editado por: www.mapasparacolorir.via12.com
PROJEÇÃO DE ROBINSON
escala no Equador
escala no Paralelo 30ºN
escala no Paralelo 60ºN

Se sienta a su mesa y, mirando el cuaderno cerrado, se pone a pensar en los piratas.

Lo más importante es llegar cuanto antes a las divisiones. Lo malo es que para llegar a las divisiones no puede saltarse las sumas, las restas y las multiplicaciones. ¡Qué fastidio!

Es muy urgente que los piratas aprendan a dividir. Solo así podrán repartir el botín que guardan en la cueva de la isla del Cachalote Blanco. Habrá que contar ese tesoro y dividirlo entre cuarenta, que es el número total de piratas. Será la forma de que todos estén conformes y no vuelvan a liarse a palos entre ellos.

Recuerda Rubén que él mismo a veces se atasca con las divisiones, sobre todo cuando son de varias cifras. Tendrá que esforzarse, o como dice Gelines, aplicarse. Eso, o no recuperar jamás sus problemas de matemáticas y, por consiguiente, seguir sacando malas notas.

Elena le da un golpecito en el codo para llamar su atención. Se vuelve y la mira, aunque sigue un tanto ensimismado.

–¿En qué estás pensando? –le pregunta ella.

–En mis cosas.

–Ayer mi madre habló con la tuya por teléfono.

–Ya lo sé.

–Y... ¿cuándo me vas a dar las clases particulares?

–Pues... –Rubén no sabe cómo salir del embrollo en el que se ha metido–. Es que no tengo mucho tiempo.

–Pero tú me dijiste...

–Lo sé, pero con las clases que ya doy se me va toda la tarde. Tengo cuarenta alumnos.

–¡Cuarenta!

–Sí.

El rostro de Elena se llena de sorpresa, pero reacciona de inmediato:

–Pues si a mí no me das clases particulares eres un informal y un irresponsable, y mi madre dice que...

Gelines, que se ha puesto de pie, se dispone a explicar algo en la pizarra. Se queda mirando el pupitre de Elena y Rubén.

–Vosotros dos, basta de cháchara –les dice.

Elena tiene que callarse y Rubén agradece más que nunca la intervención de Gelines.

Luego, la maestra chasca los dedos de su mano derecha y dice:

–Y ahora, todo el mundo muy atento.

Rubén abre su cuaderno y comienza a hacer divisiones, que él mismo se pone. Tiene que practicar mucho. Primero por una cifra. Luego por dos. Con dos será suficiente, pues los piratas son cuarenta. Un cuatro y un cero. El cero, además, facilita las cosas.

Todo el cuantioso botín de los piratas habrá que dividirlo entre cuarenta. Así pues, se pone más divisiones, todas con el mismo divisor: cuarenta.

De vez en cuando, Rubén mira a la pizarra con cara de interés y finge seguir las explicaciones de Gelines.

Elena, sin embargo, no sabe dónde mirar. Tan pronto mira a la pizarra, que Gelines ha llenado de números, como mira a su compañero. No entiende por qué le ha dado por hacer divisiones en su cuaderno. Se pregunta si esa actitud tendrá que ver con las clases particulares a sus cuarenta alumnos.

Piensa también Elena que si tiene cuarenta alumnos debe ser buen profesor. Sin duda, la solución que ella necesita.

## Un cuatrocientos para todos

**Al día siguiente,** Rubén enseña a restar a los piratas.

–Si tenemos cuatro piratas y tiramos uno al agua, nos quedan tres –les pone ejemplos que ellos puedan entender–. Si tenemos dos piernas y una se la come un tiburón, nos queda una.

Los piratas afirman con la cabeza, dando a entender que lo comprenden todo.

Son listos los piratas.

Y cuando ya han aprendido a restar, Rubén empieza con las multiplicaciones. Se da cuenta de que va a ser importante que los piratas aprendan de memoria las tablas de multiplicar.

Pone a todos los piratas a cantar las tablas.

–Dos por uno, dos; dos por dos, cuatro; dos por tres, seis; dos por cuatro, ocho...

Son más listos de lo que parecían estos piratas y aprenden a velocidad de vértigo.

–Ocho por uno, ocho; ocho por dos, dieciséis; ocho por tres, veinticuatro; ocho por cuatro, treinta y dos...

Cuando llegan al final, Rubén chasca los dedos de sus manos y les dice:

–Repetidlo otra vez.

A los piratas, aunque siempre han tenido voces horrendas, les gusta cantar. Y, en el fondo, es lo que están haciendo. Algunos, incluso, llevan el ritmo moviendo acompasadamente las piernas.

Cuarenta hombretones, curtidos en mil batallas, cantando las tablas de multiplicar a bordo de su barco pirata, son por sí mismo un espectáculo. Eso pensaron los tripulantes de otro barco que se cruzó con ellos, *El Pulpo Gigante*, capitaneado por el viejo Jeremías, también pirata y amigo de Lucas. No podían creerse lo que estaban viendo sus ojos.

–¿Será una nueva estratagema? –preguntó uno de los hombres de *El Pulpo Gigante*.

–Eso, o que todos se han vuelto locos de remate –respondió el viejo Jeremías, su capitán.

Y por fin llegan a las divisiones.

Rubén les advierte que deben poner la mayor atención, pues serán las divisiones las que les ayuden a repartir el botín.

Y es tanto el interés que ponen los cuarenta piratas, que hasta parece que contienen la respiración. Por eso, aprenden a dividir en un periquete. Rubén se siente el mejor profesor particular del mundo.

–¡Un diez para todos! –les grita entusiasmado.

Entonces, Lucas, haciendo un verdadero alarde matemático, le replica:

–Si repartimos un diez entre cuarenta, solo tocamos a cero con veinticinco.

–Quería decir un diez para cada uno –rectifica Rubén.

Lucas aprieta los labios y arruga la frente. Parece que está haciendo algún cálculo mental.

–Un diez para cada uno significa un cuatrocientos para todos.

Rubén está admirado.

–¡Un cuatrocientos para todos! –grita de nuevo.

El alboroto en cubierta es enorme. Los piratas saltan y bailan de alegría, como si hubiesen ganado una gran batalla. Algunos, llevados por su euforia, como autómatas, siguen cantando las tablas de multiplicar

N
NE
E
S

mientras se arrancan a marcarse un baile.

–¡A la isla del Cachalote Blanco! –ordena el capitán con su vozarrón de trueno.

–Iré con vosotros –dice Rubén.

–¿Para qué?

–No quiero perderme ese reparto. Además, después tendréis que devolverme mis dos problemas y medio cautivos.

Rubén salta a cubierta y se mezcla con los piratas. No sabe muy bien por qué, pero también grita:

–¡A la isla del Cachalote Blanco!

# No está mal

**Llegan a la isla** del Cachalote Blanco y, sin perder un momento, se meten en la cueva donde esconden su tesoro. Rubén se queda sorprendido al ver de cerca la cantidad de riquezas que esos piratas han acumulado.

–Es el trabajo de muchos años –se justifica Lucas, el capitán, que ha visto cómo Rubén torcía el gesto.

–Pero robar no está bien –dice el niño.

–No, no lo está, excepto para los piratas –razona el capitán–. Si los piratas dejásemos de robar, dejaríamos también de ser piratas y, por consiguiente, de existir. ¿Te imaginas un mundo sin piratas?

–Pues no –reconoce Rubén.

–Por eso mismo tenemos que seguir robando.

Rubén sigue torciendo el gesto, como si las palabras del capitán no le convenciesen del todo.

Rubén dirige las operaciones del reparto.

Primero, entre todos, hacen un recuento de las monedas de oro, de las joyas, de las piedras preciosas...

–Ocho mil cuatrocientas ochenta monedas de oro –grita Lucas cuando terminan el recuento.

Rubén chasca los dedos.

–Ahora, todo el mundo muy atento –dice–. Ocho mil cuatrocientas ochenta monedas de oro entre cuarenta piratas...

Los piratas se ponen a dividir y enseguida llegan a la solución. Como de costumbre, el capitán lleva la voz cantante:

–Tocamos a doscientas doce.

De esta forma reparten las monedas y, por primera vez, no se produce ninguna discusión.

A continuación, reparten las joyas; luego, las piedras preciosas... Y así todo el botín.

Al finalizar, todos los piratas están conformes y contentos. Bailan con sacos a cuestas llenos de riquezas.

Rubén resopla satisfecho, pues creía que nunca lo iba a conseguir. Se dirige hacia el capitán, que acaba de ordenar abrir unos barriles de ron para celebrarlo; pero este se anticipa y le dice:

–Puedes llevarte tus dos problemas y medio.

Aunque los piratas le invitan a que se sume a la fiesta, Rubén se excusa. Tiene que volver cuanto antes a su casa.

Se alegra por los piratas, a los que ve felices y contentos; pero sobre todo se alegra por él mismo. Por fin podrá presentar esos problemas a Gelines y ella le quitará el cero indignante con el que le había calificado.

Lo hace a la mañana siguiente.

–Aquí están –le dice con un poco de orgullo.

–Ah, ya veo –comenta Gelines–. Muy bien.

–Me costó trabajo, pero lo conseguí.

La maestra sigue mirando el cuaderno. Parece que está buscando algo que no encuentra. Finalmente, cierra el cuaderno y se lo devuelve a Rubén.

–Te pondré un cero –le dice.

–¿Por qué? –se extraña el niño.

–Es verdad que me has traído los problemas que te faltaban del otro día; pero no has hecho los que tocaban para hoy. ¿Qué te ha pasado?

Rubén tiene una excusa, pero está seguro de que Gelines no la va a entender. La tarde anterior perdió mucho tiempo con el viaje a la isla del Cachalote Blanco, pero eso no fue lo peor.

¿Cómo explicarle a Gelines que a última hora de la tarde, justo cuando se disponía a hacer las tareas, aterrizó en su cuaderno una nave espacial? Era una nave cargada de extraterrestres, que venían de un lejano planeta situado en otra galaxia.

Tratar de explicárselo sería perder el tiempo. Rubén lo sabe bien.

Vuelve a su pupitre y se sienta resignado.

Mira a Elena, su compañera. Está seguro de que no va a tardar en hacerle alguna pregunta de las suyas. Por eso, se anticipa.

–¿Cómo llamarías tú al jefe de un grupo de extraterrestres que ha llegado a la Tierra en una nave espacial? –le pregunta.

Elena lo piensa un instante y responde:

–Odiseo.

Rubén lo piensa también.

–No está mal.

Y apunta el nombre en su cuaderno para que no se le olvide.

## Índice

## Alfredo Gómez Cerdá

Madrileño, empezó a publicar a comienzos de los años ochenta. Le gusta tocar distintos temas y hacerlo con registros diferentes, por eso se dice de él que es un autor difícil de encasillar. Ha publicado más de cien títulos de literatura infantil y juvenil y algunas obras de teatro. Ha ganado muchos premios literarios, como Altea, El Barco de Vapor, Ala Delta, Gran Angular, ASSITEJ-ESPAÑA (de teatro). En 2008 ganó el Cervantes Chico por el conjunto de su obra, y un año después recibió el Premio Nacional de Literatura Infantil y Juvenil. También ha sido premiado en Italia y en Alemania. Sus obras se han publicado traducidas a muchos idiomas (francés, portugués, italiano, alemán, árabe, coreano, chino, japonés, etc.).

## Francesc Rovira

Nace en Barcelona en el año 1958. Inicia su trayectoria profesional dibujando en folletos, revistas y publicidad. En 1982 se publican las ilustraciones de su primer libro, y a partir de entonces empieza a dedicarse profesionalmente al mundo de la ilustración, principalmente para niños y jóvenes, creando dibujos para revistas, libros de texto, libros de conocimientos y cuentos. También colabora con empresas de juegos educativos.

Cuenta con más de trescientos setenta libros publicados y traducidos a diferentes idiomas, y, en ocasiones su obra se puede ver en exposiciones periódicas, colectivas o individuales, que muestran tanto sus trabajos publicados como su obra inédita.

Sus trabajos se han mencionado en la lista de honor de la Comisión Católica Española de la Infancia (CCEI) en los años 2000 y 2001, ha recibido los premios Sant Joan de Déu de ilustración del año 2003, los de la CCEI al mejor libro ilustrado de los años 2003 y 2004 y el XXXII premio Apel·les Mestres-Destino del año 2012.

Francesc vive y trabaja en Sitges desde el año 1997.

**Bambú Jóvenes lectores**

*El hada Roberta*
Carmen Gil Martínez

*Dragón busca princesa*
Purificación Menaya

*El regalo del río*
Jesús Ballaz

*La camiseta de Óscar*
César Fernández García

*El viaje de Doble-P*
Fernando Lalana

*El regreso de Doble-P*
Fernando Lalana

*La gran aventura*
Jordi Sierra i Fabra

*Un megaterio en el cementerio*
Fernando Lalana

*S.O.S. Rata Rubinata*
Estrella Ramón

*Los gamopelúsidas*
Aura Tazón

*El pirata Mala Pata*
Miriam Haas

*Catalinasss*
Marisa López Soria

*¡Ojo! ¡Vranek parece totalmente inofensivo!*
Christine Nöstlinger

*Sir Gadabout*
Martyn Beardsley

*Sir Gadabout, de mal en peor*
Martyn Beardsley

*Alas de mariposa*
Pilar Alberdi

*La cala del Muerto*
Lauren St John

*Secuestro en el Caribe*
Lauren St John

*Arlindo Yip*
Daniel Nesquens

*Calcetines*
Félix J. Velando

*Las hermanas Coscorrón*
*El caso de la caca de perro abandonada*
Anna Cabeza

*Dos problemas y medio*
Alfredo Gómez Cerdá

*Las aventuras de Undine. La gran tormenta*
Blanca Rodríguez

**Los Guardianes de la infancia**

*Nicolás San Norte y la batalla contra el Rey de las Pesadillas*
William Joyce y Laura Geringer

*Conejo de Pascua y su ejército en el centro de la Tierra*
William Joyce

**Bambú Grandes lectores**

*Bergil, el caballero perdido de Berlindon*
J. Carreras Guixé

*Los hombres de Muchaca*
Mariela Rodríguez

*El laboratorio secreto*
Lluís Prats y Enric Roig

*Fuga de Proteo 100-D-22*
Milagros Oya

*Más allá de las tres dunas*
Susana Fernández Gabaldón

*Las catorce momias de Bakrí*
Susana Fernández Gabaldón

*Semana Blanca*
Natalia Freire

*Fernando el Temerario*
José Luis Velasco

*Tom, piel de escarcha*
Sally Prue

*El secreto del doctor Givert*
Agustí Alcoberro

*La tribu*
Anne-Laure Bondoux

*Otoño azul*
José Ramón Ayllón

*El enigma del Cid*
Mª José Luis

*Almogávar sin querer*
Fernando Lalana, Luis A. Puente

*Pequeñas historias del Globo*
Àngel Burgas

*El misterio de la calle de las Glicinas*
Núria Pradas

*África en el corazón*
M.ª Carmen de la Bandera

*Sentir los colores*
M.ª Carmen de la Bandera

*Mande a su hijo a Marte*
Fernando Lalana

*La pequeña coral de la señorita Collignon*
Lluís Prats

*Luciérnagas en el desierto*
Daniel SanMateo

*Como un galgo*
Roddy Doyle

*Mi vida en el paraíso*
M.ª Carmen de la Bandera

*Viajeros intrépidos*
Montse Ganges e Imapla